RAFTCRAFT

表紙装画：
山本萠「あの空まで」

池田　康

詩集

ひかりの天幕

ひかりの天幕／目次

詩集　ひかりの天幕

伝書

伝書鳩を飛ばせ　未来のわれわれへ
ノイズの闇の谷を越えて

われわれは知らない
鳩がどこへ飛んでいくのか

鳩は知らない　自分が
どんなメッセージを運んでいるのか

手書きで書かれた手紙を
目の弱いわれわれはもう読めない

読まれないとわかっている
手紙を鳩は谷に落とす

足にむすんでいる荷が重たいと
鳩は忘却を谷に落とす

真理を突き止めるのは学者の仕事
幸せは平坦な道を歩くことにある

崖の縁に住むわれわれは吉報を待つ
飛び立った鳩はどこへ行ったのか

伝書鳩を飛ばせ　明日のわれわれへ
伝書鳩を飛ばせ　昨日のわれわれへ

雷が鳩を撃つしかし飛び続けると
伝説は語りわれわれを慰める

なにも知らずに生まれ
なにも知らずに死ぬ　鳩の糞

幻に聴く鳩の羽ばたき
黄昏に見る翼の影

鳩は沈む太陽になにかを読む
なにかが鳩の心の虚空を落ちていく

谷の向うに住むわれわれはどんな幸せを営むのか
谷の向うがあると信じるわれわれは不幸を醸《か》むのか

地図もなしに飛ぶ鳩
でたらめな方角の希望そして徒労

時間とは消えた手紙
文字とは消えた時間

鳩は言葉を谷に落とす
言葉は谷底で堆積し四散する

行方不明のメッセージは流れ
底を削り谷をいっそう深くする

暗い長い夜
伝書鳩の飛来だけが希望

鳩が飛び去ると心に鳩の形の穴があき
鳩が飛来すると鳩は心の穴にはまり消える

メッセージを読んだためしはない
メッセージは読むものではない

今日のわれわれは明日のわれわれと同じ
平坦な道を歩くのが幸せなら同じでいい

手紙もいらないし鳩もいらない
しかしわれわれは伝書鳩を飛ばす

それは純粋な希望
平坦な道を歩くだけではいけないと

手紙は告げる
時候の挨拶なのだが

伝書鳩を飛ばす　これは
決死の飛行を見る儀式

伝書鳩は飛ぶ　山越え闇こえ
誰も知らないメッセージゆわえ

崖の縁の不安をゆわえ
誰も知らない国へ

ひかり座

ひかり座は　夢幻の舞台
国なる劇場《こや》の夢幻を宣言する
ひかり座は　誰でも入れる
どの大陸のどこにも扉はないのだが
ひかり座は　自由にして高慢
台本に一切の検閲を許さない
ひかり座は　大見得切って約束する
誰の許可もなしに芝居を打つと

ひかり座は　地球をテントで包む
盗みや喧嘩は蹴飛ばして追い出せ

ひかり座は　あらゆるあなたを受け入れる
観客として　座員として　作家として

ひかり座公演のちらしが天から降ってくる
雪のように舞い雨のようにうるおい氷のようにきらめき雲のように軽く
口をあけて飲みこめ　清冽な奇天烈な予言の言葉
ひかり座公演のちらしが天から降ってくる

ひかり座は　秘密結社
国境を越えて蝶や蝗となって広がる

ひかり座は　〈未来〉の隕石
愚鈍なメトロポリスの恐竜を過去に追いやる

ひかり座は　漆黒の交差点
うら道ぬけ道もぐら道あらゆる場所がつながる

ひかり座は　うかれキャラバン
気のむくままに此岸彼岸をさまよう

ひかり座は　天を憲法とする
読むに読めない呑気な悠遠さも含めて

ひかり座は　太陽を神とする
あまり当てにならないパトロンというほどの意味の

カンパニーに乾杯！
ひかり座はうたう無産蒙昧な幾億の生のために
歓声は土まみれの動物たち逸民たちの咆哮
カンパニーに乾杯！

ひかり座は　貧しい
算盤をはじくはずの指がギターを弾いている

ひかり座は　生きている
呼吸　対話と独白　離合集散　開花と結実　睡眠

ひかり座は　哄笑する
ちくちくうるさいモラルの麻縄に縛られるな

ひかり座は　くつろぐ

お茶と冗談を喫《や》らない一日は不毛だ

ひかり座は　悪趣味な食通
大好物は大統領《どくさいしゃ》の骨をダシにした闇鍋

ひかり座は　アナーキーににぎやか
役柄のあるなし入り乱れアイデンティティを交換する

侵攻する軍隊　街は瓦礫
戦車が市街を走るとき時間は急勾配の下り坂
ミサイルが小学校を直撃するとき時間はまっさかさま墜落
侵寇する軍隊　村は焦土

ひかり座は　透明
時代の風景に融けて見えたり見えなかったり

ひかり座は　行方知れず
探す者も知る者も営む者も微笑んでしらばくれる
ひかり座は　夜討ち朝駆け
ごみ山にうもれる思想を拾い夢の叢にすだく言葉を狩る
ひかり座は　コスモポリタン
どんな片言どんなスラングをつかってもいい
ひかり座は　座頭《ざがしら》がいない
シテの幽鬼は千年先に立つ
ひかり座は　神出鬼没のステージ
お涙頂戴の演説をしたがる輩《やから》を奈落へ落す

アンコールは無礼講
ひかり座は憤り理不尽に沈む幾億の生のための
沸騰する血は光に変電され〈本〉の文字となる
アンコールは無礼講

ひかり座は　永遠のヒッピー族
あらゆる旗の裏側で遊ぶ

ひかり座は　逃亡者集団
あらゆる善と悪の強権から一目散に遠ざかる

ひかり座は　悲劇を上演する
この世は奇怪な喜劇であるという非情な悲劇を

ひかり座は　太古の序曲を発掘する
次の次の次の時代を開く大音声の鍵として

朝目覚めたらひかり座の主役だった
これはよくあること
ひかり座は　今夜も舞台
荒野の闇のまんなかに灯がともる

わが汀

汀に打ち上げられた海難者
として目覚める
朝
まだ生きていると知る
これは嬉しいことか悲しいことか
空があんまり青いので
頭ががんがんする

*

日々を送るは　綱渡り

と古《いにしえ》の歌は教える*
落ちない綱渡りはない
一日を生きるとは落下すること
綱にしがみつき
綱に振り落とされること

*

海難にいたるほどの
猛烈な嵐をくぐる一日でないならば
それを生きるとは言わない
筋金入りの船乗りはうそぶく
昨日のつづきの今日ほど
気の抜けた今日はない
今日のつづきの明日ほど

あらかじめ錆びた明日はない

*

汀に打ち上げられた海難者
として目覚めよ
朝また朝
立ち上がれない
自分の名前を思い出せない
おそろしい不安とともに

*

海難者はかすかに覚えている
サイレンの歌声を

それをもう一度聴きたいと
また海へ
耳が彼を導く

*

海難者は乙女に救けられる
と物語はうたう
主人公ではない海難者は
一人で立ち上がるほかない
都合のよい聖なる乙女はいない
野良犬が小便をかける
鮫と鷗と鴉が狙っている

*

海難者は立ち上がる
そして次なる海難へ向かう
綱渡りの綱はつねに奸計をちりばめて張られ
つねに落下する
それが荒海を渡る者の仕事

*

船が二つに折れ　沈没し
海に投げ出され　大波に食われ
行方も知れず漂流
トトトツーツーツートトト
モールス信号も甲斐はない
行方も知れず漂流

＊

〈鯨〉と話したことがあると
海難者は語る
〈鯨〉は大きい
〈鯨〉の話ははるかに巨きい
海の家系図だか
水の宇宙誌だか　定かではない
その神話の巨大な響きに
丸飲みにされ
微塵にされる
サイレンは〈鯨〉
〈鯨〉は京《けい》
遠洋の囈語

泡沫《うたかた》と渦の〈嘯《うそ》〉を語る

*

沈没した船の影が海難者に追いすがり
取り憑く
絶対に沈没しない船の幻が海難者を誘惑し
取り憑く
永遠の海を目指して
海難者ははてしもなく沈没する

*

海難者が目覚めて見る空の青は
問答無用のあお

青というだけで絶対的な意味を持つあお
この青を見るために日々遭難するのか
海難者は目覚めた一瞬考える
頭ががんがんと鳴り
而して忘失する

*

海難者はマストを立てる
海はあでやかに笑う

*

海難者はくちずさむ
どこで覚えたのか記憶にない

その俚謡をくちずさむと
ふるさとの方角がわかるような気がする
そちらへ向かう気持ちはないのだが

＊

頭の中の海図は日に日に薄れ
気まぐれな波の線の中に埋没してゆく
この波の中にいればそれでいいんだ
そんな怠惰な気持ちになってくる

＊

いま再びの朝に目覚めるなら
海難者として

いずことも知れぬ汀で
目覚めよ

＊山崎ハコ「綱渡り」

諜

間諜の符牒はエレキ
一瞬きらめいて消える
言葉の無邪気の軌跡

間者が隠れるのは行間
追っ手がどれだけ探しても見つからない
決してめくれない裏側

しゃべるのが苦手
なにが言いたいのかわからなくなり
白紙となって黙る

間諜スラングは誰も解さない
本人も知らないとしらを切り通す
そのうち本当に忘れてしまう

間諜であるのは間違いないが
誰に仕えているのか定かでない
ぜひとも知りたいことではある

盗んだものはなに?
機密をポケットに入れると
しゃべろうとしてもぞもぞ動く

間諜は黒装束を好まない
ど派手ななりをして白昼大通りを歩く

夜は夜風になって吹きぬける

思わぬところに宝が転がっていると間諜は言う
そしていかにも嬉しそうに笑う
そんなものゴミにすぎないと世人は言う

〈情報〉が入ってくる
その重さが心の底に沈んでゆく
意味を欠いた重さだけが沈んでゆく

諜報の基本は見破られないこと
仕事を忘れること
唐変木として立つこと

記憶を喪失した間諜は

誰のために何をやっているのかわからないまま
純真に目をひらき耳をうごかす

謎などない
秘密などない
というあっけない真諦を間諜は秘す

ある日とても大きな獲物をつかまえた
大きすぎて奈落に落っことしてしまった
ためらうことなく追いかけて奈落に落ちる

やまない雨に打たれつづける
明けない夜に立ちつづける
底なしの奈落へと落ちつづける

拷問されている夢を見る
目覚めても拷問されつづける
間諜であるそのことが拷問なのだ

戦闘はありえない
逃げるのみ　隠れるのみ
非力による非力のための卑怯を主義とする

間諜は「諜」という文字に首を傾げる
なぜ「喋」ではいけないのか
なぜ「蝶」ではいけないのか

蝶は飛ぶ　地雷の上を
常識の矢ぶすまの上を
現実という火災の上を

間諜の極意はふつうに見聞きすること
そして理解してもしなくても覚えておくこと
そしてそのまま誰にも言わないこと

間諜はくたびれている
このくたびれの如何を研究するのが彼の趣味
それは世界のくたびれに通ずるから

間諜はさびしい
このさびしさを分析するのが彼の道楽
それは宇宙のさびしさに通ずるから

間諜は不安
この不安をもてあそぶのが彼の悪癖

それは現世の不安に通ずるから

間諜は屈託する
この屈託を分解するのが彼の仕事
それは人類の屈託に通ずるから

諜は蝶にはなれない
悪の血が流れている
十貫の罪の重荷を背負う

間諜が仕えるのは亜の心
心から亜の心へと伝わる諜報
心と亜の心はひとつなのだが

亜心に仕える

本当は亜心の秘密を知らねばならない
そのことに間諜は気づいていない

心は基本的に善で
亜心はときに悪におちいる
と主張する猫かぶりの心

亜の心の亜は愛のA
亜なき心は愛を知らない
と主張する嘘つきの亜の心

ほうれん草の赤い尻の秘密を知らない
鳩の青い胸の秘密を知らない
馬の額の白い斑《ふ》の秘密を知らない

娘たちの黄色い声の秘密を知らない
嬰児の新緑の命の秘密を知らない
真夜の黒い臍の秘密を知らない

間諜は歩く
一瀉千里
むやみやたらに遠回りして

石の上に三念
石からすべてを学べ
石の無言を学べ

日記をつける
なにを食べたか
それ以外のことは書かない

間者のおやつ
チョコレート　柿　たばこ
サルビアの蜜　ひまわりの種　どんぐり

大樹の幹に耳をあてる
なにも聞こえない
おろかな耳

間諜はこき使え
十把一絡げの木偶坊《やくたたず》
使い捨ての反故のメモ

葉隠
雲隠れ

日が暮れて寝る

菲（フェイ）

ふりつづけばいつか雨雲は消える
と賢者は言う
あにはからん
雨雲はどんどん大きくなり
地球を包み
昨日と今日と明日をまるごと濡らす
雲の奥では雷《らい》がうなり
銃火ひらめき

蜂の巣になったフェイ

青梅街道と甲州街道が出合う宿駅
明治通りと靖国通りが交わる賭場
七本の鉄道が衝突する〈時代〉

この街には銀行いくつある

ぎんこ　ごうと
金のゴート族
レーテーを渡る碧眼の男女

命からがら逃げているのに
六叉路で渋滞するのなら
十二叉路にでも二十四叉路にでもなるがいい
あらゆる方角に逃げてやる

時間を失い
途方に暮れるという言葉に囚われ
途方に暮れ

人間なんかつまらないと
蜂の巣になったフェイ

はやりの帽子をかぶった男たち
煙草を吹かしながら
遠くから見ている

雲の奥では雷がうなり
地球を包み

* Faye Dunaway starred in BONNIE AND CLYDE

左目の王

左目の王が逝く
もうとうに異界に入っていた右目を追って
今朝　川を渡り

左目で見ていた世界は
揺れて消えた

死者の傍
もっともゆっくり巻きながら
闇の眼窩へとすべり込むややこの歌
横たわる王の両瞼は閉じて

時間に碇をかける

かつて王を乗せて川を遡った
舟は流れ去る
左目が描いた絵
左目が撮った映像をのせて

死と生と接する午前三時
右目が闇から現れ
王を見つめる
眠ったまま王は立ち上がり
右目についていく
闇の奥へ

左目は舟とともに

王は右目とともに
去り
すべて去り
川が残る

左目が見てきた世界
それは右目を探すための地図
右目を見つけたのか
右目が見つけたのか
王は左目の地図を捨てて
影の合羽をはおり

左目の王は還らない
反転して
右目の王となる

夏の系

夏が半透明の殻から抜け出した
虫の王国のあけぼの
逃げ水がどこまでも逃げていく
ラジオの戦争報道は波にのまれ
サーフボードを脇にスクーターが走る
真昼間の無常に斧をかける蟷螂
目覚めてにぶく動きながらまどろむ甲虫
昼寝は楽園への隧道
冒険をかぎあてる無為の散歩
王国に足を踏み入れると子供はセミ語をしゃべる
藪がウツソウ語を

川がサフサフ語を
競り合う天籟妖声の譜
夏は交響楽　夏休みの作文がつづる
夏は交響楽　詩が真似る
第一楽章の tutti を少年が駆け抜け
風の管弦が追いかけ
大紫はうろうろ飛び迷うが
もうどこへ行く必要もない
朱夏こそ最終目的地
その頂は齢を四半にし
その淵で記憶は浄瑠璃となる
くもくもく　幼い素頓狂な声
入道雲の角力三昧
すわ雷雨燦然
木々は古代青の甦り

地上の虫言葉ふたたび蠢き
夜空ひそひそ語
銀漢のかなたの爆発
逃げ水を集めて螢は幽明の呂を舞う
サーフボードはもう乾いている
少女の歌はまだ濡れている

南の島への恋文

その住所は太平洋一丁目
おんぼろ三線かきならせば
南極から赤道から波が寄せ
にぎやかな歌声がやってくる

島は小さいが
国際通りはどこまでも走り
地球を一周
はみ出して月まで足を伸ばす

シーサーは誰何《すいか》する

獅子の石の声に　風は名をなのり
鳥は名をなのり　虫は名をなのり
人は不思議げに通り過ぎ

泡盛は海
泡の彼方をゆく芭蕉《バナナ》の舟は
百千万年の夢の航路で
ノロの冠《かむり》を編む

歴史はおかしな渦を巻き
この島を漂流させた
りゆうきゆう　ながれる宮
非合法の方舟

南の島に手紙を書く

その住所は太平洋九十九丁目
青い波が運んでくれるだろうか
やるせない恋文を

身元確認

身元確認できるものはなにもありません

名前もなく
親兄弟もなく
故郷もなく
横たわる死体の無言
忘却に委ねられ
土に　風に　空に　すみやかに溶けるべく

右手に握りしめている約束や悲願は発見されず
どこを歩いてきたかを靴は語らず

太陽は動かぬ眼球を検分する
行き場のない骸は
宇宙に浮く

私はだれなのか
答《いら》えはない
喉が渇いて渇いて
死にそうだと死体が訴えると
宇宙は笑いながら闇を流しこむ
存在《われわれ》はすべて闇に溺死する
星も　命も　記憶も
闇はなにものでもない
闇は名を拒む　源《そもそも》

宇宙の身元も

闇の闇の闇
闇に還る死体は　ひょっとしたら
宇宙の身元を知る
のか
証言台に立て
完全無欠の疑問符よ
死体とは
宇宙の身元確認調査におもむく
不遜な旅人

火を愛《かな》しむ

崇めるは赤
紘を打つ燧《いし》

真夜の真闇の大玄宮《まっくら》の中
魂の凍傷にふるえるとき
夢みる三千丈三千紘の彩《リラ》

真夜は孤独
真夜は氷る獄
真夜の冴えは天空
はるかかなたの静寂に

すべてのものを音階と聴く

ねずみ野ねずみドブねずみ実験《ラボ》ねずみ眠る
松欅棕櫚すみれドクダミなずな白詰草眠る
チョモランマの岩死海の泥サハラの砂眠る
真夜の真洞の中央祭壇
地図も時刻表も百科事典も六法全書も無効
仁義礼も算盤も取扱説明書《とりせつ》も歳時記も失効
すべての言葉は譫言《うわごと》となり理《ロジク》を決壊させる

真夜は無時間
名前も理由もない
真夜は魔術
全能の夢遊の黒衣
真夜は世界音

真夜中に聴く彩《リラ》の諧調《しらべ》は
どんな酒よりも麗《うららか》にして
稀覯の佳韻　木霊の帰還

存在の芯が吃る
非在の火が歌う

スズメバチ

あなたの目はスズメバチを嫌うがあなたの夢がスズメバチを飼う　あなたの指はその翅をつかめないがあなたの心はその毒を密造する　スズメバチはどこからでも現れる　葉陰にひそみスリッパの中に隠れ　記憶の欠落にもぐりこみ　あなたの動静をうかがい　今こそと急所を刺す　スズメバチを恐がれば　スズメバチはいよいよ大きく強くなり　その羽音はつねに聞こえるようになり　しかし振り向いてもスズメバチの姿は見えず　いつの間にかあなたの足の間をくぐり抜け　あなたの背中に音もなく止まり　あなたの思惑の死角を測り　じっと狙う　スズメバチはいつでもあなたを刺すことができる　逃げられない　あなたがあなた自身である限りスズメバチはあなたのそばにい

て　あなたが刺されたいと思ったときあなたを刺す　そしてあ
なたが刺されたいと思わなくても　あなたは刺された方がいい
と野の花がささやくとき　あなたを刺す

双葉

双葉が種の殻を振り払うとき
世界が目覚める
あらゆる声が影を作る
双葉に動かせないものはない
オイディプスのピラミッド級の苦悩も
モンタギュー家とキャピュレット家の永代の憎悪も
浄化してあでやかな花につくり変えるだろう
双葉はもち上げる
架空の世界劇場を　軽々と
星の序破急の時間を　楽々と
双葉は劫初のことば

もっとも純情可憐な地上三センチの挨拶
愛よりも透明な有と無の経緯
静寂の空へ　光の蔓は繁茂をはじめる

ペンギン村

故郷はと問われれば　ペンギン村と答える　ドクター則巻の妹のアラレちゃんが過激に元気な　どんなおとぎ話よりも異次元の絵空事の　村長いないいないばあのベイビー村　南極よりも寒く　ハワイよりも暑く　胡麻粒よりも小さく　アトランティスよりも大きく　太陽や月が割れても平気の平左　宇宙人が攻めてきても蛙の面に小便　どんな場所でも聞いたことがない桁外れに明るい笑い声が　そこでは常に響いていて　悲しいことはなに一つない　どこまでもサニーサイドなペンギン村に　たぶんぼくは住めないだろう　ぼくのちゃちな憂鬱が許さないだろう　ぼくの気弱な青白い影が怯えるだろう　だけど故郷はと問われれば　切なくも懐かしい　面白うてやがて不条理な　あ

のペンギン村と　答えたい気がするのだ

竜は飛ばない

ちんぴらサブカル映画監督シバは思いつく
怪獣ホングコングが北京で暴れる物語
めっぽう強い　千年の眠りから目覚めた竜
これはあたる　完璧なブロックバスターだ

プロデューサーの阿部は言う　中共《ペキン》が恐くないんかい
脚本家の馬場が言う　隣国の不幸を種に商売していいのだろうか
妻のちぐさが言う　またみんなに笑われたいの？
美術兼助監督の土門は言う　我々の予算規模では竜は飛びません

それでもシバは諦めきれない

当たり狂言を作って大笑いする夢を
どうせなら鄧麗君《テレサ》に主題歌をうたってもらおう
二十一世紀の北京幻人を泥と眠らせる子守唄を

香港観光名所トランプで塔を建てる
夏の凪のくしゃみで倒壊する
香港観光名所トランプで占う
Q《クイーン》のフォアカードが急を告げる

香港観光名所トランプでババ抜き
ジョーカーは九龍に籠城して動かない
香港観光名所トランプで手品
アジアをよぎる花電車　軌道は消え

ハートの2は無謀なまでに弱い

鳩の糞がおとぎの国を汚す
水曜日の次は火曜日
西瓜を涸れ井戸に落とす

小怪獣ホングコングよ　北が金棒ひかる鬼門なら
せめて香港市民を乗せて飛んでゆけ
地球という度しがたいブラック部落の外へ
美術兼助監督土門曰く　我々の予算規模では飛べません

地図

ここにいるよと
あなたは地図をくれる
地図通りに歩いて
赤いバッテンにたどり着いても
あなたはいない
それならそれなら
この赤いバッテンはなんなのだ
私はここにいると
主張するあなたはひょっとして郵便ポストか
郵便ポストならたしかにあるが
朴の木か

朴の木ならたしかにいるが
名もない石ころか
名もない石ころならたしかに転がってるが
いやあなたは約束した
赤いバッテンは鬼の臍
ここで待て
そのうちいく
金銀珊瑚の御輿に乗って
歌ならば風に乗って
あなたはやってくる
きっと
たぶん……
赤いバッテンで待て——
それはあもらるな無窮《abyss》
あなたを待つという至福の時間

走り書きの怪しい地図は
あなたのおふざけの空手形
やさしい約束の反古紙
赤いバッテン　乾坤の臍に
石ころとなって
転がる

にじ

ニンジンは虹を内包する
のだとしても
どう切れば虹が出てくるのか
どう調理すれば虹の味がするのか
料理本の類にはなにも記載がない
おそらくこれは
野菜物理学の至高の奥義
として父子相伝される

ニジンスキーは虹を内包する
からこそ

天駆けるように踊った
虹をエンジンとするダンサーは
現実の床から幻想の舞台へ
軽やかに跳躍し　旋回し
宙に無数のステップを残し
虹となって消える

日本人は虹を内包する
のであれば
もっと天上的に陽気なはずだが
首まで土に浸かったように地味なのは
彼らが自らの虹を罪悪として否定するから
彼女らが虹の光よりも人工色を好むから
むなしく期待する　虹を呼び出す
千年に一度の　光の驟雨

馬が疾走しギャロップしさらに足を速め
飛ぶように駆けると　稀な刹那
たてがみ輝き　一本の虹となることがある
馬はニンジンの食べ方を知っているのだ

傘

傘の下には静かさがある
余計なことをしゃべらない安らぎ
なにも考えなくていい放下がある
天から降ってくるものを受け止め
そしてやさしく落とす――
それは宗教行為だろうか
傘の下
ひらかれつつ閉じる
小さな空間の秩序
の歩行
と静止

傘が美しいのは
柄を握る手に
天のかたことを伝えるから
地上の命の慄えを
見えない天にうったえるから

備忘録《メモワール》二〇二〇春

おばけかぜ東アジアに吹き荒れる
二〇二〇《にいまるにいまる》如月はとんでもない好天続き
爽快と恐怖のカクテルパーティしとど酔
空に渦　風に牙　川に星　道に糞
どこへ行ったのか　裸の逃亡犯は
シャツとズボンが干されて宙に踊る
書きなぐった鉛筆の囈言は吹き飛ばされ
春節を祝う竜の踊りの新型《にゅーもーど》
まきちらされた鱗イミテーション金貨
蝗が大陸を席巻するシミュレーションの昼
如月の冷たい太陽は天をさまよい

大地は人間の死を許容する　いや求める
悲鳴を聞きたがる　陽帝《ラー》の火祭り
奴を追い　伝言ゲームの言葉をさがし
道に足跡　耳をあてると　幽かな轟
百の百乗の百足の裸足は弥生に行き着いた

春節の花火は世界に飛び火する
二十一世紀のシルクロードを経て伊《い》国は火の海となり
呂《ろ》州に波《は》邦に仁《に》半島に保《ほ》大陸に火の手は及び
けせらせらと放置していた部《へ》国も
対岸の火事と眺めていた止《と》国も
気がつくと五臓六腑焼けただれ
髪掻きむしりのたうちまわっていた
豪華客船は狡猾なゐるすの奸計に沈み
都のぐるりに見えない城壁が築かれ

どうしてこんなことになっちまったのか
世界中が活動写真でも見ているかのように
春の怪談を凝視　その電撃を身に受ける
そんな地獄絵など知らぬ顔に桜は咲き
菜の花もつつじもおのが色にいきづき
緑はつやと勢いを増し　卯月が到来する
藪の鶯は中生代から受け継がれる歌をおさらいし
軒先の燕は一千万回目の子育てに忙しい

殷賑さびれる灰の春　無人の駅　たたむ商い
家に閉じこもり　無意識の独り言にふるえ
わけのわからない怖れはもっともやっかいな疫病
人気のない街路を鼠が走る　豹がうろつく
科学風迷信の春一番がいたずらに吹きさまよう
無数の罹患《カルテ》とも医師も牧師も命を落とし

ニュースは四六時中うわごとの数字を伝え
数は顔を歪ませ　心の皺の迷走神経経由
市を噂が走る　デマが繁茂する　批判の矢が外れる
食料を買出しに行くくたびれたマスク
の下の無言は不安のガムを嚙み締め
嚙めば嚙むほど得体の知れないえぐみが
口の中に　腹の底に　じんわり広がる
うるわしの皐月は暦通り来るとも
青空が春の元服を祝福しようとも
餓鬼の辺土に勝鬨は響かない

正月の初夢に
死屍累々の世界都市の光景を見た者があったろうか
大凶兆を察した予言者はいただろうか
この半年の物語はイソップの書き損じた寓話か

ほうほう　螢来い　こっちの水は甘……
甘い水も苦い水もない　乾き切った
この狂おしい一季節をなんと名づけよう
水はある　なんといっても梅雨なのだから
しかし不慮の死者に理由をもたらす死に水はない
地球にちらばる国々つなぎ旅と貿易を運ぶ水はない
おりむぴくなる蜃気楼は逃げ水となって逃げていった
水《み》無《な》月
世界に燃え広がる業火を完全に鎮火する
水などないと　伝えるかのような　水無《みずなし》月
初夢に　螢になり楽園の花の蜜を吸った幸い人は
おばけゐるすの嵐を　生きのびたか

校庭

声はするのに
誰もいない
校庭はがらんとして
陽の光をひたすら敷きつめている

巨大なとんぼの影
南から北へ
過去から未来へ
見上げてもとんぼはいなくて
ランドセルが走ってくる

ランドセルが考える
ランドセルは眠る
軽くなりうつつに浮かぶ

どこから遊びに来たのか
遊具は錆つき朽ちかけている
声は地面に文字を書こうとするが
校庭はなにも聞き分けない

用務員のおじいさんは知っている
この小学校が世界のどこにあるか
子供たちが世界のどこにいないか
そして教科書を焼却炉に投げ入れる

落書きの怪獣は語る

子供たちは怪獣に食べられちゃった
落書きの飛行機は語る
子供たちは飛んでどこかへ行っちゃった

迷子のおばあさんが乳母車を押して入ってくる
おばあさんは乳母車の中へもぐりこむ
子守唄をうたっているうちに
子守唄になってしまう

なにもかも忘れた校長先生が窓から見ている
校長先生の眼前の校庭
校長先生の記憶の中の校庭
しわぶきで眼鏡がくもる

郷愁というお菓子

忘れものはあだ名
鬼ごっこの終わり
オニノゲシの戦き

声はするのに
誰もいない
校庭はがらんとして
風が〈今〉を洗っている

蜜蜂

…1…

きみは蜜蜂
花のありかを知る
いのち八岐《やまた》
墟墓《はか》をこえる春
潮《とき》みち
時はとまり
ゆれる蕊《こころ》の位置
ゆらぐ光の樽
宙《そら》に虚《うろ》を建て
花の城

禁色

金の使いは裁《き》る
死の記憶
しずまる昼
飛翔の影は顕《た》ち
陽炎の命を計る

…2…

きみは蜜蜂
花のありかを知る
飛んでいけ　そこへ
ためらうは愚
蜜を吸う一日は金
世界の意味はきみとともにある

蜜を抱き
秘密を抱き
世界の昼を貫《ぬ》き
春渺茫をうがつ一点を
一身として

…3…

きみは蜜蜂
花のありかを知る
ひびわれた空のどこかしら
生命《いのち》の家を目指し
きみは飛ぶ
誰ひとり花を見ない
この文盲

黒い視線を導き
花園へと連れていけ
しかしすばやく旋回すると
きみは視界から消え
花の次元にもぐりこむ
かすかな羽音は
空耳か
蜂よ
いつか
戻ってこい
黄金の蜜とともに

…4…
きみは蜜蜂

花のありかを知る
花から花へ
わたりゆく
恋文
恋人は
芳香と蜜に無我夢中の
きみより賢く
知らず識らず
ことばを運び
ひらく　一頁
の宇宙《コレスポンダンス》ノ史

…5…
きみは蜜蜂

花のありかを知る
この心《やみ》のどこか
この黄泉《よみ》のどこか
花を見つけておくれ
無知
無一文の弓から
飛んでゆく
まっすぐ
憧憬の方角へ

…6…
きみは蜜蜂
花のありかを知る
季節の地図をさぐり

風の道標《しるべ》を読み
幽魂の谺の森をぬけ
永遠の未明の水をわたり
美しい　醜い　すべて
ことばが止む
地平線上
空の一点
花は待っている
きみはそれを知っている
世界はそれを識っている

…7…

きみは蜜蜂
花のありかを知る

刻む
記憶の軌跡
瞬く
天の時計塔の玻璃
輝く
陽炎の祈禱書の碑
潮《とき》みち
時はとまり
虚心《たぶららさ》
墨の垂迹
かすかに聞く
（どこにもない）
羽
の音《ね》の
春

百合の夏

夏の頂《いただき》　百合は咲く
ひっそりと高らかに　うたう
神も知らない純白の夏を
それはうちゅうと呼ばれる闇苑のネガ
すべてが創造される　その
〈起源〉のマイクロフィルム

百合は音楽
プリマドンナは
一輪でコロスをなす
レーテーの水という演目は十八番の一つ

楽譜は太古の種に在り
いつでも見ることができる

太陽に向かって咲く花もあるが
百合はどの方角にも顔を向ける
受け取るためでなく
歌を届けるために
あらゆる地のあらんかぎりの耳へ
風が気まぐれに微調整する

夏の昼に昂然と咲く
それはこの世の始めからの約束
〈花〉の意志を刻印する典礼
三日咲けば世界との交感は終わり
忽然と消える

百合がいない日々それを日常という

ひっそりと　孵化する　息吹
高らかに　青い階段　斉唱
ひっそりと　金の犠牲　鎮魂
高らかに　恋の軌道　恢恢
ひっそりと　長い戦　殲滅
高らかに　虹の赤子　哄笑

百合の魂魄は大地の魂魄に等しい
この等号を成立させるロジックを
百合は蕾の中に隠す
だからあんなにも重そうで謎めいているのだ
咲いてしまえば無重力　だが
蕾はガイアの全重量をつつんで重い

かつて恋人だった幾多の動物は死滅した
トリケラトプスもデスモスチルスもマンモスもいない
百合は人間を相手にしない
よもや恋人に選ばない
体を醜い布でおおう奴婢の類は
あまりに愚かで百合の言葉を解さない

百合は全知全能である
という噂は根拠がない
しかし百合が全知でないとしたら
どうやって純白の夏をうたうのか
百合が全能でないとしたら
どうやって夏は己を浄化するのか

百合は予言する
次の夏を　百の夏を　無尽の夏を
百合は予知する
現《うつつ》の大崩落を　無の大噴火を
百合は約束する
地球の味寝《うまい》と太陽の放浪と月の午餐を

百合は最初の貴族である　と言う者もある
百合は最後の貴族である　と言う者もある
百合の言葉は古生代ユリ語
語彙も文法も不明な生命《いのち》の屯蒙《あるふぁ》の文《あや》
それがぼんやりわかるようになるとき
われわれは原点に近づく

百合の歌が聞こえてしまった者は

もう日常生活には戻れない
百合の歌を聞いてしまっては
人間の家には帰れない
百合の歌を聞いたなら
いきなり地平線の向こうへ歩いてゆく他はない

百合の魔術
それは時間を曲げ　時間を結ぶ術
錬金術師も魔女も知らない
風だけが知る妖術
百合がすべる夏は
少年と老人の夏　死と生誕の夏

百合は旅籠
旅する歌が足を休めるかくれ里

すべての歌は百合に宿をかりてはじめて
世界に響く歌となる
と百合はうたう
うたいながら客をひく

百合は地下から夢を吸い上げ
それを虚空に放つ
花はみな地下から吸い上げられた夢
百合は生え抜きの太古の夢
夢が花に化身するのは
香となって消える風雅を夢みるからだ

百合の幽霊は
地上に遍在する麗しい道祖神
百合の声が聞こえたら

振り向いてみるといい　かすか
香りの足跡が風に残っている
吟遊の影が宙に浮かんでいる

百合はこの世とあの世の首都
ここに足を運ばぬは文盲のうつけ
切符は蝶が売る
地図は蜂がくれる
百合は百の百乗の命のつどう
真夏の白い聖堂

百合がうたう純白の夏
それはあまりにも白い一頁
おそろしくて字を書くことなどできない
光の静寂のひろがり

虫だけがそこに住むことができる
虫だけがそこで鳴くことができる

ひっそりと　日は死に絶え
高らかに　日は生まれ輝く
ひっそりと　名は死に絶え
高らかに　名は生まれ輝く
ひっそりと　命は死に絶え
高らかに　命は生まれ輝く

百合の群落は
花という奇蹟の力学の華
ここに迷い込んだら　すべてを忘れ
ただ百合の歌声を聴いていればいい
そうして千年がすぎる

一瞬の錯覚

いや錯覚ではない
あなたの四囲は百合が咲き乱れ
いや乱れない　一糸乱れぬ律の
見渡す限りの百合宇宙　この
幻の光景を百合は一輪で作り出す
それが百合のアリア

百合がささやく幻想の
百合の森に踏み込む者は
行方を失い　名前を失い
記憶を失い　意識を失う
ひんやりとした百合の森
どこまでいっても百合の声がささやく

夏の頂　百合は氷原に立つ
百合の森を歩く者は　足下に
死が凍る　無垢の氷原を見る
百合の氷原を歩くのは
すでに人でも狼でもねずみでもなく
裸の命

付記

近年書いている比較的長めの詩を中心にして、反響があったものやいい感想をもらったものを拾い集めた。詩集としてのまとまりを読者の親切な慧眼で見出していただけるとありがたい。

池田康（いけだ・やすし）
1964 年愛知県生まれ。
詩集に『ロマンツェ』（1994）、『星を狩る夜の道』（2005）、『一座』（2010）、『ネワエワ紀』（2013）、『エチュード　四肆舞』（2018）、評論に『詩は唯物論を撃破する』（2016）がある。

詩集

ひかりの天幕

著

池田　康

発行日　2024 年 4 月 20 日
発行　洪水企画　　**発行者**　池田康
〒 254-0914 神奈川県平塚市高村 203-12-402
TEL&FAX 0463-79-8158　http://www.kozui.net/
印刷　タイヨー美術印刷株式会社
ISBN978-4-909385-48-2